IVO ESTÁ VIVO

Filipe Moreau

IVO ESTÁ VIVO
ENTRE AS ARANHAS DE UM AEROPORTO EUROPEU

Ilustração de capa / Marcos Garuti

1ª edição, 2021 / São Paulo

LARANJA ● ORIGINAL

Sumário

CONTOS TRISTES 9

Ivo porteiro 11
Ele e a esposa 27
Ivo entre as aranhas 41
Eva coando luz 55
Há tanta falta de Eva 63

PEQUENAS CRÔNICAS LOUCAS 71

As afeições de Nícol/ ficções 73
Histórias passadas 79
Outras 87

Contos tristes

IVO PORTEIRO

São Paulo é uma cidade que na essência não muda tanto. Em sua configuração básica, a paisagem que era cheia de natureza foi aos poucos preenchida pelo mau gosto, gerando um espaço de discrepâncias sociais e econômicas às quais se soma o mau-caratismo de muitos habitantes.

São essas as principais características que atravessam gerações. O aprimoramento ao longo do tempo só poderá se dar dentro de cada indivíduo, pela sua capacidade reflexiva, pelo seu discernimento e até pela admissão de culpa, ou de sua própria responsabilidade no processo.

Os bairros mais chiques continuarão chiques, rodeados de verdadeiros chiqueiros urbanos que se estendem para degradar o que estiver pela frente, com ritmos variados, mas em muitos casos acelerados e à espera de alguma intervenção do poder público que venha a acontecer aliada à especulação imobiliária de sempre.

A população aumenta, os recursos aumentam em menor quantidade, o conflito se acentua e a disputa por um ponto no espaço – o de pedir esmolas, que seja – só tende a aumentar. Nas escolas e na política, o que se discute é sempre o óbvio: como melhorar?

E há uma acomodação que é também favorecida pelos setores radicais, que alegam uma necessidade "consciente" de discutir-se apenas os problemas que seriam mais "complexos", tanto no seio desta como no de outras sociedades, induzindo-se a que tudo permaneça exatamente assim como está, parado.

Bem, mas não vamos adentrar em posicionamentos. Há um lado dessa cidade que é talvez encantador. Dizem os pássaros que a linha do horizonte formada pelos inúmeros prédios em traçado irregular torna a vista algo inigualável em relação a outras cidades. E o melhor, segundo eles, é observá-la de cima de uma árvore, quando o sol começa a se pôr.

É daqui mesmo que podemos ver, ainda um pouco antes do ocaso, a cena que se repete a cada fim de tarde em determinada rua, quando Ivo, o porteiro do prédio em frente ao nosso, vai descer ao subsolo e pegar a mangueira para levá-la à parte da frente do edifício, de onde fará a lavagem da calçada.

Faça sol ou faça chuva, e mesmo quando havia racionamento – o qual deveria valer para todos os tempos, pois a água é bem insubstituível, o mais precioso entre todos os que existem no planeta –, ele cumpria com seu dever, aliado às ordens do síndico.

Bem em frente, na padaria, por essas horas de fim de expediente reúnem-se os funcionários de diversas firmas, que há algum tempo vêm se conhecendo e juntos bebem cerveja, discutem futebol e fazem suas fofocas. Foi nesse meio que o porteiro – embora ninguém se lembre ao certo de quando isso se deu – recebera o apelido de "Aguinha".

Aguinha era um sujeito quieto e, como todo o mundo, tinha suas horas de personalidade bem diferente daquela exposta ao comentário público. Gostava de animais, ou melhor, de tê-los presos e fáceis à vista. Eram cinco passarinhos dentro de uma grande gaiola, dois jabutis, um papagaio e um casal de codornas.

Vivia com a mulher, a terceira com quem se casara. Não se pode dizer ao certo se estava realizado na profissão. Ao longo dos mais de dez anos nela, dera alguns passos para participar de novos projetos, mas isso sempre lhe pareceu ser apenas por desencargo de consciência: para poder dizer aos outros que trabalhava como porteiro somente pelo tempo em que não surgisse outra oportunidade melhor.

Ele se sentia estável, colecionando alguns bens de consumo (eletrodomésticos, principalmente) e sendo respeitado no seu círculo de amizades, constituído basicamente dos porteiros de prédios vizinhos e suas famílias. Nesse círculo, frequentava as festas de aniversário e faziam juntos as excursões, duas vezes por ano, em que passavam o dia na praia.

* * *

São Paulo é uma das cidades mais *enrustidas*, se comparada a outras capitais. Seu habitante tende a ser frio e comedido e, quando repara no eventual sorriso ou descontração vinda ao acaso de algum anônimo, sente logo ser algo com que não se deva envolver. No máximo, observar para ter certeza de que não se trata de uma ameaça. Mas sempre haverá casos em que, como diz o ditado, "água mole em pedra dura tanto bate até que fura".

Durante uma época, três adolescentes alugaram um dos apartamentos do prédio em que Aguinha trabalhava. Falavam alto, riam, e, quando passavam pela portaria, Aguinha sempre se mostrava quieto e sério. Parecia ter medo de que dissessem algo de suspeito em voz alta, chamando a atenção dos vizinhos. Ou de que, se ele demonstrasse estar à vontade, faria aquela algazarra aumentar ainda mais, para logo os moradores perceberem que vinha da portaria.

Um dia, a mais velha das adolescentes fez uma brincadeira: ao conversar, repetia todas as palavras de Aguinha (ela sabia o seu apelido), e ele acabou rindo. Depois disso, passou a ser alegre com as três, parecendo ter superado rapidamente a desconfiança.

Bem, e agora já podemos falar do passado de Aguinha, porque só assim entenderemos o que começou a acontecer com nosso personagem depois de ele se abrir à amizade com aquelas meninas.

Muito antes de se tornar porteiro, ou melhor, vidas atrás, quando mal chegara do Nordeste e foi deixando de ter notícias do pai, Aguinha era ainda um rapaz dedicado aos estudos e crente de que ganharia a vida pela inteligência, ou seja, pelo uso da caneta, como diriam alguns. Chegou a prestar concursos públicos, mas nunca se deu bem.

Acabou morando em um bairro muito distante daqueles mais confortáveis, mas que tinha a vantagem de parecer calmo.

Ainda tocava violão, compunha, só que o máximo que conseguia com a música eram as amizades de bar.

Também guardava de cabeça algumas histórias que pretendia transformar em livro, mas isso, isso esteve sempre muito, muito longe de se realizar. Sequer conseguia reproduzi-las com alguma ordem nos cadernos que ia levando de casa em casa, antes de ter a sua. Aliás, hoje ele tem até casa própria, mas está alugada. Ele mora mesmo é no trabalho.

E enfim, como estávamos contando, logo que chegou do Nordeste Aguinha era um rapaz dado às artes. Isso para a vergonha do pai, que um dia se deparou na própria casa com um violão que Aguinha emprestara do primo e tratou logo de dar sumiço naquilo.

Bem, a verdade é que toda essa personalidade conservadora de Aguinha era um pouco por homenagem ao pai. Quando era pequeno, tinha pena dos pássaros presos e chegou a soltar alguns, sem que ninguém adivinhasse quem fez aquilo. Mas tanto o pai se orgulhava das coleções que mantinha, provavelmente copiadas de seus avós, que muito mais tarde Aguinha quis copiar o pai e assim homenageá-lo.

Mas voltando à história das adolescentes, chegou o dia em que elas realmente começaram a causar problemas com os outros vizinhos, principalmente depois dos três aluguéis atrasados. E houve uma pressão do síndico para que saíssem do prédio.

Percebendo o que ia acontecer, Aguinha voltou a ser sisudo, exceto com elas, com quem ainda trocava risadas e olhares mais engraçados. Chegou o dia do despejo e os outros moradores já estavam incomodados com aquela afinidade toda de Aguinha com as meninas.

A mulher dele não se incomodava e, ao contrário, achava que a amizade fazia bem ao marido. Pois, afinal, aquelas moças não eram muito mais do que crianças. Mas eram. E para se despedirem, chamaram Aguinha até um canto da portaria e deram-lhe um doce. Só que dentro do doce havia outro "doce", que os mais entendidos já sabem do que se trata: de um ácido lisérgico.

* * *

Em comparação com a média do país, São Paulo é uma cidade fria, mas permanece, em todo o caso, com um quê de brasilidade. Mesmo nas comemorações geladas, o improviso ainda é mais natural do que na Europa, e talvez para os turistas que vemos passar, a cidade esteja no limite da compreensão, o que é diferente da Bahia, onde eles se sentiriam ameaçados e forçados a se afastar das aglomerações, por considerarem perigoso qualquer tipo de folclore e tudo que se mostrasse como manifestação espontânea de um vale-tudo.

Ainda hoje, quando se sente recuperado, Ivo, em sua solidão, já dá nome ao boi maior de seus problemas: a indefinição. Sente que já não tem mais nem um dos outros com que era obrigado a conviver, apenas este, o que piora as coisas, pois aumenta a sua culpa.

Com um pouco de paciência, relê as cartas que recebera da esposa no mês anterior e tenta conter o espírito aventureiro, preparar a comida, levantar os dados para rediscutir com os amigos um antigo projeto.

Por recair no uso da bebida e de outras drogas, ele agora se sentia afastado de todos, mas em certas horas também achava que tudo ainda seria viável, bastando um instante de resolução para dar pequenos passos na direção certa.

O seu novo projeto era travestido de científico. Seria uma viagem qualquer, a qualquer ponto do mundo, mesmo que a trinta quilômetros dali. Seria feito um mapeamento, o levantamento, com auxílio de outras pessoas, dos detalhes mínimos do micro e do macrocosmo do lugar, as passagens cronometradas de cada pessoa, a incidência dos insetos nas plantas, os sons de todos os barulhos, o trajeto da luz solar, 365 flashes nas 24 horas do dia. Para que mesmo? Ele agora não se lembra, mas há de retornar a isso.

O fato é que Aguinha entornou o caldo, tentando trazer à tona a sua arte e o artista que havia dentro de si. Teve um sonho, e precisava trabalhar muito naquilo, com seriedade. Rodopiou em cima do texto, encenou até se sentir seguro para não dar nenhuma escorregadela e manter o que já havia decorado.

A "arte multidirecional" conteria experiências pessoais. Não especificaria o tipo de ocupação de seu autor (de preferência anônimo), tentando mostrar apenas que não lhe tomava tempo. Projeto ambicioso, requintado, somaria as experiências de tudo que já fizera antes.

Era algo *de repente*, sem bifurcação ou trifurcação, um caminho aberto em leque de pelo menos doze direções. As que não eram seguidas deixavam marcas e reações psicológicas do que podia ser feito. Principalmente duas, três, ou quatro tinham de transparecer um possível pioneirismo.

Atravessou a avenida para chegar à papelaria e escolher os lápis. Queria mostrar em cor a sua arte. Era um projeto gráfico sofisticado, mas o conteúdo vinha antes da forma: as palavras antes da música, ou vice-versa. A forma aprimorava o conteúdo, como a razão aprimorava a emoção, embora esta pudesse dar saltos à primeira.

Havendo o que se movesse, o grande mundo teria seus verdadeiros guias-motrizes, pessoas talentosas com a lucidez do *fazer*, que desenvolveria conjuntamente o sentir e o pensar. Colhendo o fruto das ideias no *ócio*, poria tudo em prática.

Mesmo no jornal via coisas luminosas, descobertas dignas e reflexões sensatas. O mundo não estava parado, e era possível adiantá-lo através do "ócio". Como um carrossel, não precisava dar todas as voltas no histórico dos que brincavam, mas estar feliz com a sua vez. Colou algumas matérias.

Havia descoberto que as descrições sobre determinado assunto podiam ser muitas. As letras, assim como as imagens, eram códigos de comunicação. As combinações dentro de cada código podiam ser infinitas, como o universo em que se vivia. E através da redundância se construía um código cada vez mais seguro.

Encontrou então a apostila que guardava as novas relações entre texto e imagem, das que se estendiam ao tempo integral da vida: o movimento. Eram apreensões dos sentidos mais requintados e próprios à cultura: visão e audição.

Depois de relaxado, seus olhos seguiram as poucas páginas do outro livro que enfim localizara, para ali se sentirem tranquilos, começando a fechar, e ele dormiu, merecidamente, numa noite das mais felizes. Sonhou com a infância e a velhice, através das figuras do Jesus adulto e menino. O adulto tinha gestos de um catolicismo seguro e luminoso, encontrado com devoção autêntica, e o menino, todas as qualidades sadias somadas à beleza.

* * *

Na clínica psiquiátrica ele conheceu um rapaz divertido, de apelido Pedrinha. Tinha ouvido falar dele por uma amiga comum, que muito tempo atrás também andara internada naquele lugar. E falava bem do amigo.

Foi engraçado, porque nem um dos dois havia reparado no outro, mas aquele tipo, meio atarracado e de lentes grossas, em algum momento olhou para ele e disse:

– Você não é o ...

– Oi, Pedrinha. Vem cá me dar um abraço!

O problema é que o cara veio logo querendo dar um beijo na boca, e Aguinha, por educação, aceitou. E acabou que foi meio demorado, com os seguranças que estavam ali à volta – pois os dois eram considerados elementos perigosos – começando a ficar constrangidos.

Os seguranças então passaram a dar tapinha nas costas dos dois, perguntando se estava tudo bem. No meio daquela situação, Aguinha já imaginava que Pedrinha sairia beijando também os seguranças, mas não foi bem isso o que aconteceu.

Ele na verdade pediu licença aos dois para dizer algo em segredo a Aguinha. A dois metros deles, os seguranças não podiam adivinhar o que conversavam. Com um braço sobre os ombros do amigo, Pedrinha dizia:

– Olha, eu não posso revelar isso a todos... Na verdade acho que você é o primeiro a saber, porque os outros não entenderiam. Na verdade... eu sou o Buda!

– Pois está tudo bem, Pedrinha. Eu sou Mahatma Gandhi e também estou aqui disfarçado.

– Como assim?

– Bem, é que certa vez... Eu era humano, mas me iluminei!

Independentemente do pacifismo demonstrado nas identidades secretas, eles eram considerados os internos mais perigosos, e o cerceamento era tanto que quando quiseram fazer juntos uma letra de música, para homenagear um conjunto inglês, os guardas não os deixavam a sós.

Com muito jeito, Aguinha e Pedrinha se sentaram em um degrau de escada com o papel sulfite que já haviam descolado e o lápis de Pedrinha. Os seguranças ficavam à frente deles, que se comunicavam apenas escrevendo. Quando um desses seguranças quis interceptar o papel, Pedrinha rasgou o que estava escrito, deu a Aguinha um pedaço e engoliu o dele. Era só uma bolinha, e Aguinha fez o mesmo.

Dentro do estômago dos dois amigos já não dava para entender o que dizia a letra, mas era algo mais ou menos assim: "*Os homens das partituras quando somem / Vão escondê-las bem longe /*

Sem o amor dos nossos sons que com remédios não são bons / Mas você diz que satisfaz / E aos homens, para eles tanto faz". Iam cantá-la do lado de fora, em um banco do gramado, mas não deixaram. Rui Pedrinha foi o último músico, o único mais louco que ele, entre os que conhecera na clínica. Foi também o único que conseguiu fugir de lá, e nem se pôde ver como foi: pegou um táxi e se mandou, mas foi trazido de volta pela mãe. Quando chegou, Ivo foi cumprimentá-lo para dar apoio, e viu que o menino tinha sido vítima de uma super carga de haldol e passava por outros males ainda piores, ficando quase incomunicável. Aos poucos ele voltou a si, mas não permitiram mais que se vissem. Só depois de uns três meses, quando os dois já estavam soltos, Ivo o encontraria de novo no bar de música ao vivo em que Pedrinha trabalhava como garçom

Ivo também tinha planos para fugir, e se conseguisse chegar ao lado de fora, não o localizariam tão facilmente: pegaria um ônibus para a represa e se refugiaria no sítio de uma colega, se ela ainda morasse lá. Ele tinha uma vaga noção do bairro em que estava e da avenida mais próxima. Mas nas duas vezes que tentou essa fuga, acabou apanhando, e numa delas de cinto. Pelo menos humilhou um pouco o segurança, que bateu com a cara no portão quando, em vez de atravessá-lo, Ivo se desviou, e ainda tentou prendê-lo do lado de fora para fugir pelos fundos – onde havia só mato atrás do muro.

* * *

Na época em que Aguinha era porteiro, morava no mesmo prédio o filho de um delegado, e ele agora fazia estágio em uma delegacia, preparando-se também para a carreira de polícia civil. Falavam bem dele, de que era eficiente no trabalho, prestativo e amigo de todos.

Deram-lhe mandado de busca em um prédio invadido por estudantes dentro da universidade que ele conhecia bem, pois estudara ali perto. Pelo nome, não reconheceu que fosse Aguinha, mas de qualquer maneira preferiu não levar arma, embora não soubesse que tipo de reação esperar daquela pessoa, se ela era perigosa ou não.

Passou primeiro pelo bar de uma faculdade de Humanas para tomar um café e concentrar-se na ação que faria. Lá, avistou Aguinha, e foi logo cumprimentá-lo. Depois de algumas conversas, disse que estava à procura do fulano de tal, e se surpreendeu com a resposta de Aguinha:

– Sou eu mesmo!

– Então... Me incumbiram de levar você até um médico.

– Para quê?

– Disseram que era parte da rotina, que quando saiu do sanatório você assinou um papel se comprometendo a aparecer lá a cada quinze dias. Mas agora faz três meses... E se não aparecer, vão encomendar uma busca policial mais severa.

– Mas eu não fiz nada.

– Houve um novo assalto à farmácia, e você é o principal suspeito.

– Eu não fiz nada.

– Eu sei. Garanti que o levaria lá pois disseram que dariam essa chance. E não adianta eu dizer que você vai, precisa ir mesmo, e de preferência comigo, agora.

No apartamento de Aguinha o novo amigo esperou calmamente ele encontrar os documentos, lavar o rosto e se arrumar. Na porta da clínica, Aguinha já sentiu uma espécie de tremedeira, mas manteve o sangue frio. Ficaram ele e o amigo por mais de meia hora na sala de espera até a enfermeira o mandar entrar. E o amigo então se retirou de lá.

Era o mesmo psiquiatra, e com a cara de sempre: olhos sem vida, crueldade disfarçada (só estampada a quem já foi vítima). Estendeu a mão e pediu a Aguinha que se sentasse. Começou a falar:

– Você se envolveu em novo assalto...

– Não...

– Foi visto lá.

– Não, juro; eu estava no apartamento da Eva.

– Quem é ela?

– É a nova moradora do prédio invadido, você pode confirmar.

– Por que demorou a aparecer?

– Não achei necessário.

– Mas você tinha ordens médicas.

– Eu sei, e em pouco tempo eu voltaria.

– Mas agora você precisa ficar.

– Como assim?

– São as leis da clínica. O paciente que se recusa a voltar tem de ser internado de novo.

– Mas eu não fiz nada de errado.

– Escute, moço... Você assinou um papel e não cumpriu com as cláusulas. Eu não posso abrir exceções.

– Eu não fiz nada de errado e me recuso a aceitar isso. Com licença.

Aguinha se levantou e abriu a porta. O psiquiatra estava quieto, mas fez sinal para os enfermeiros, que o trouxeram de volta. Os dois enfermeiros o seguraram com força e Aguinha perguntou o que estava acontecendo.

– Temos de interná-lo de novo – explicou o psiquiatra, enquanto abria uma gaveta, e logo mostrou a seringa para Ivo, que tentava se soltar, sem conseguir.

– Vocês são loucos! – ainda gritou, enquanto sentia a agulha ser penetrada, meio de mau jeito. Tentou de novo se soltar, mas quando começou a sentir a frouxidão no corpo percebeu outra agulhada e a própria cara bater no solo, quando enfim o soltaram.

* * *

Voltando a si, ele só pensava em estar todas as tardes de sua vida olhando para o mar e acompanhando o movimento das marés, sem revelar a ninguém os segredos que ainda tinha. Qualquer segredo desvendado poderia corroer o sentido de sua existência, mas agora sequer acreditava nisso. Estava apto a desafogar os pensamentos, as cristalizações de sentimentos, altamente reprimidos desde sempre.

Nesse momento de sua história, não mais se atinha à descrição dos detalhes esquecidos, ao sentido como referência própria, nem ao dessentido, com referência na capacidade psicótica de criar as próprias leis.

Um desconhecido se aproximou e por algum tempo afastou-o da verdade almejada: colocar em versos um encontro de pessoas com clarões nos olhos que lançariam um novo brilho nas coisas, irradiando a energia pura do cerne da Terra. Não culpou o desconhecido. O artificialismo do suor ao sol para dar novas ideias também não o convencia.

Na juventude o seu sonho íntimo era virar "pop-star". O talento e a inteligência dos que ganhavam muito dinheiro naquela profissão ele também tinha. Só não tinha amigos músicos, nem personalidade. A personalidade sempre fora tênue.

Bem, esta é a história de Aguinha, que vive agora em uma clínica psiquiátrica. E quem sabe um dia alguém poderá tirá-lo de lá.

ELE E A ESPOSA

Moram em sua memória as muitas histórias vividas naquela casa escolhida pelos dois, com tanto carinho. Fantasias, cenas românticas, situações novas e extremas se deram ao longo dos primeiros tempos, quando logo se acostumaram à companhia das belas janelas de vidro na grande sala aberta para o vale. Mais do que isso, acostumaram-se à companhia do jardim igualmente amplo, e todo ele bem cuidado, estando muito em combinação com a moderna arquitetura do ambiente ainda recém-reformado. Morar ali parecia ser mesmo a realização de um sonho, e chegaram a dizer, um ao outro, que nem se esperava tanto, e que aqueles eram mesmo os melhores anos de suas vidas.

Vendo do futuro, talvez se pudesse admitir que também eles nunca superaram de fato algumas velhas picuinhas, havendo provocações feitas de ambas as partes, sempre desnecessárias. Sim, porque de tempos em tempos eles atravessavam momentos realmente tensos, e é o que parece estar voltando a acontecer bem agora que o país entra em novo estado de euforia causado pela aproximação de mais uma Copa do mundo.

Pode-se dizer que tudo começa a ficar assim quando ele se

prepara para dar um recado a ela, muito simples, mas que a voz ligeiramente trêmula poderá trazer junto a denúncia de algo suspeito. Se não houver cuidado, qualquer suposição de inocência cairá por terra logo depois de ele telefonar do escritório e avisar que chegará um pouco mais tarde à casa, porque, já se sabe, existem casos em que isso exige uma infinidade de explicações, e muito bem detalhadas.

– Prometi a esses meus novos colegas de trabalho que tomaria uma cerveja hoje com eles. Há algum tempo eles vêm insistindo. Não, não acho que vale a pena você ir até lá, vai ser *jogo rápido*.

Até o desfecho da conversa parece estar tudo dentro da normalidade e do controle, mas não vai demorar para ela reconhecer como legítimas as suas razões para estar enciumada e ter a mesma sensação das outras vezes, em que demorou a ver uma *ficha cair*, percebendo a possibilidade de haver inúmeras outras razões para aquele simples recado. É nessas horas que lhe vem uma expressão bastante apropriada ao caso e que ela tanto gosta de usar: "aí tem coisa".

Ambos já se preparam para a cena que deverá acontecer em breve, a do rolo de macarrão que bate e rebate sobre a cabeça dele assim que se dispuser a atravessar a porta de entrada, e este será apenas o passo inicial de uma longa discussão, porque em seguida ele precisará ouvir frases de um novo discurso recém-elaborado e que até certo ponto terá suas virtudes por ser curto e sincero:

– Quem é ela? De onde vocês se conhecem? E com quem mais você se encontrou hoje?

Já sabem os dois que, naturalmente, não se trata de uma mulher em específico, mas da necessidade doentia que ele teria de perambular sozinho à noite e olhar-se à volta por meio de outros tantos seres humanos que na fácil fantasia do anonimato parecem estar sempre doces e gentis, ainda mais quando se bebe cerveja.

Doces e gentis parecem estar mesmo todos os que ele realmente cruza pelas ruas em sua volta à casa, agora embriagado, muito à vontade por passar em bairros já bastante conhecidos, a quase acenar para as pessoas "simples" e ainda capazes de produzir milagres na imaginação de quem não as conhece de verdade, e apenas porque não seriam as pessoas *de casa*.

O comportamento de seres mal-acostumados, como se poderá dizer que é o dele, ou o dela, justifica-se quando é parte de algo necessário à manutenção das aparências para ser usado, em alguns casos, no almejado equilíbrio das relações. Casar-se e não olhar para mais ninguém pode até ser difícil para alguns, mas não impossível. O ponto de equilíbrio entre o instinto inconsciente e o que se tem como ideal mais lúcido pode muitas vezes ser trabalhado até que se repare em tudo o que já construíram, reconhecendo-se o valor da persistência.

Mas quando não é assim, aguarda-se ainda um bom número de coincidências – físicas e até ideológicas – para um dos dois por fim assumir o início de um novo ciclo, o da separação, que sabe-se lá o quanto poderá ser tumultuada, e de todo o trabalho que haverá para se dar ao luxo de um simples romantismo: o de ainda amar alguém, e de modo melhor, quando o melhor os dois já vivem, que é a casa funcionando e guardando todo o seu passado feliz, e muito bem enquadrado naquela parede da sala.

* * *

A Copa do mundo daria a esse casal a grande oportunidade de retomarem suas saídas conjuntas. Como em outras vezes, alternariam visitas a amigos preferidos de um e de outro lado e, mais do que isso, para ele era o momento de mostrar seu enorme patriotismo. Sim, pois o que para alguns é uma simples nação, para ele é a verdadeira pátria e muito mais do que isso: homens de chuteira capazes de desmoralizar os representantes de países mais ricos e bem resolvidos, em condições de acrescentar à boa técnica sua ginga e malandragem, coisa que os outros mal entendem.

É verdade que nosso desempenho muito se deve ao fato de sermos um país gigante e nossa enorme população ter no futebol o único esporte realmente praticado em todos os cantos, mas não vamos aqui diminuir a façanha do que somos e do que já conquistamos.

O futebol nos representa e nem importa tanto no quê. A nação, tão dividida e que muitas vezes só se entende entre os discursos de cada lado, pelo menos neste mês vai vestir a camisa amarela, esta que se reconhece como tradicional e na qual agora se encontram identificados os principais valores das classes médias e outras. Com ela se vestem os índios e os militares, não importando o desinteresse que os segundos possam ter pela preservação de uma cultura paralela, da história e da sabedoria dos primeiros, vendo neles apenas bons cidadãos, tão bons quanto os outros brasileiros, devendo cumprir os mesmos direitos e obrigações. Esta é a nação que se formou pela reorganização das capitanias de uma ex-colônia e tende a se manter enraizada nos seus valores de patriarcalismo e ordem, pelo menos por enquanto.

E assim agora ele sairá às compras para trazer muitas bandeiras, todas as que encontrar pela frente, que é como haverá de mostrar o seu entusiasmo a cada gol que há de ser marcado e comemorado pelos verdadeiros patriotas. Pois sim, "em época de Copa, até tatu sai da toca", como poderá ser lido pelas pichações em um muro da Avenida Rebouças.

Agora ele já está lá, a tomar cerveja com os amigos de escritório em mais um dia de jogo, só que desta vez em companhia da esposa. Ou melhor... parece que não. Que apenas por este primeiro jogo ela preferiu não sair, explicando ter algo mais importante a fazer dentro de casa. Pediu que não se demorasse, mas no fundo não queria que ele fosse. E mesmo assim ele foi, e agora está lá, mostrando sua liberdade e entusiasmo para os outros, mas principalmente tentando desfazer a fama de que era daqueles que não saíam de casa "nem se lhes dessem asa".

E tudo vai indo muito bem até os minutos finais do jogo. Nos três de acréscimo, o seu coração se mostra apertado, pensando em como se despedir rapidamente das pessoas. E é nesse tempo de pequenas conversas que se nota a cobrança mais direta feita por um dos amigos:

– Estou perplexo! Você é casado há vinte anos e até hoje não teve coragem de dizer à mulher que vai prolongar o papo com seus amigos para se divertir um pouco? Por acaso isso seria uma traição?

Uma traição mental, diria ele, pois se tem algo a contar aos amigos é sobre o lado difícil de seu relacionamento, das muitas dificuldades enfrentadas pelos dois, de quando se abre mão de certas liberdades individuais, mesmo que infantis, por um ideal teórico de família e fidelidade que nem se sabe se realmente existe.

Muito tempo atrás, no começo do namoro, ainda era possível vê-lo passar-se por moralista e dizer que esse hábito de encher a cara de cerveja já não lhe fazia a cabeça. Ou ao menos dar a entender que, simplesmente, estava dividido, e assim sutilmente conseguia cair fora desses encontros espalhafatosos.

Não se importando mais com o eventual constrangimento e sentindo-se compreendido pelos verdadeiros amigos que ali estavam, ele conseguiu sair em poucos minutos. E os dias seguintes foram calmos, como se houvesse um pacto de interesse do casal em melhorar as coisas. E desse modo, na manhã do segundo jogo, a história acabaria sendo muito diferente. Sem que nada estivesse definido ou conversado, a informação que saiu da boca dela caiu como uma luva:

– Vou!

No novo encontro, praticamente com os mesmos amigos, durante o jogo houve olhares, gritos, e tudo correu conforme o figurino. Na volta, falaram mal de alguns casais e ele encheu a boca para afirmar – o que na linguagem futebolística seria uma espécie de "bola dentro" – que ela era a mais bela de todas as mulheres que estavam lá... E tiveram uma noite animada, enfim.

* * *

Não demorou mais que uma semana para os dois voltarem a brigar. Para ele, as coisas já estariam melhores e poderia agora agir de modo diferente. Afinal, ele sente que o casal ainda se gosta, e que a melhor escolha seria a de continuarem juntos:
– Muito melhor do que separados! – chegou dizer a ela.

E principalmente porque sabia que, se uma briga fosse mesmo capaz de alterar o rumo das coisas, os motivos levantados pela companheira pareciam até minúsculos em relação às outras coisas. Ao mesmo tempo, percebe que ela continua a agir de maneira dúbia, preferindo uma vez mais não entender o que ele quer dizer, tendendo a interpretá-lo mal, e não se dando conta da própria realidade (ou ao menos como ele a imagina ser).

Por fim se cansa e prefere não ir até o fim da discussão, em que ele mesmo também chegou a subir (um pouquinho) o tom de sua voz, e agora prefere sair *de fininho* para tomar um bom banho, imaginando que a quentura da água *esfriará* sua cabeça (como pode? bem, e para não se sentir tão contraditório, pensa que com o banho estará mais relaxado para acalmá-la e tentar reconduzir essa conversa do modo o mais sereno e racional possível).

Na verdade, o que se dá agora, quando ele sai do banheiro, é que aquela quentura toda parece é lhe trazer mais cansaço e preguiça nas costas. Mas segue em frente, disposto a melhor entendê-la e a atender ao que estiver sendo pedido, se enfim puder descobrir.

Não a vê, e parece que ela foi dar uma pequena volta. Reflete então sobre o acontecido e sobre os motivos dela. Enquanto ele ainda está "se achando", nota-se mais calmo, consciente de como ainda poderá ser bom o seu fim de semana, o que talvez seja o real motivo dessa nova mágoa: o de não investirem todos esse tempo livre de feriado em algo mais proveitoso, fazendo uma viagem a dois, quem sabe, e incluir-se ali uma segunda ou terceira lua de mel.

Certamente ela gostaria que ao menos ficassem fazendo amor e almoçando ao longo de toda a tarde, enquanto ele, por um vício que ninguém explica, continua a pensar no adiantamento de seus trabalhos individuais, em fazer desenhos para a reforma da casa, refazer o cálculo de imposto, ou mesmo atualizar sua tabela da Copa.

Ele perceba ou não uma eventual cafajestice sua na atitude de adiar a conversa para pensar em si mesmo e relaxar durante o banho, enquanto ela estava realmente magoada, só agora começa a se dar conta de que a saída da mulher está se prolongando mais do que imaginava. E mais: ela não disse aonde ia nem quando voltaria.

Em seu egoísmo autocentrado, ele por enquanto só pensa que ela não deveria dar ataques desse tipo, em que quem mais se fere é ela mesma, ainda mais quando está totalmente baseada em emoções, e não em fatos. Mas ao menos ele reconhece o lugar-comum do que está pensando: "só a razão ajuda no domínio das emoções". Isso deve vir lá dos gregos, e é uma filosofia milenar, portanto. Nada de novo sob o sol.

* * *

Agora que a mulher saiu sem avisar aonde ia, ele não esperava, mas já começa a se entregar a algumas fantasias sobre novos amores, dos que poderiam acontecer assim que estivessem separados. Amores que, na prática, nunca se mostraram uma possibilidade real, mas também não é preciso se lembrar agora desse pequeno detalhe.

E isso tudo teve a sua razão de ser: no mesmo dia, menos de duas horas depois de a esposa haver saído, ele recebeu um telefonema, digamos, "misterioso", pela coincidência do momento. E em menos de uma hora se reconhecia criando expectativas, estando no mínimo encantado, ou apaixonado, por aquela voz, que há muitos anos não ouvia.

Está agora precisando disfarçar o caso, inclusive para si mesmo, porque a mulher pode chegar a qualquer momento. Mas desde que recebeu o telefonema, que começa a avaliar como *excitante*, por vir de alguém *estonteante*, aquela amiga de longa data que veio convidá-lo a participar de seus novos encontros *artísticos*, ele se sente diferente:

– Traz o violão! Sua mulher não gosta de cantar?

Percebe-se logo que seria uma armadilha contar à amiga tudo que andava acontecendo. Pensando bem, ele não confiava tanto nela, mas alguma coisa sim, para aos poucos, quem sabe, abrir o jogo dentro de uma amizade pura, sincera e aberta a... uma beliscada? Mordida? "Jump, my baby!"

Lembrou que ao longo do telefonema a proposta da amiga era inclusive de voltarem a fazer música juntos, o que seria um tanto irreal no contexto do casamento. E mais ainda em um processo de separação. Mas foi lembrando, lembrando, e lembrou de quando chegou a dar aulas para essa amiga.

Com a amiga, imaginou que pudessem voltar a fazer música, começando por corrigir as posições do braço no violão, como se ela fosse de novo a aluna... Pronto! Voou longe. Lembra-se do tempo de juventude e de sua aluna mais assídua, cujo erro do professor foi justamente o de se apaixonar: e ele só conseguiu tocar-lhe as pontas dos dedos.

(Agora poderia, por uma questão de costume, ou para ajudá-la a relaxar no encontro, ajustar-lhe o sutiã no seio, sentir o volume, acariciá-la na orelha e nos lábios, vê-la nos olhos, apalpar dentro da boca a sua língua escorregadia e... pelo canto da calcinha fazê-la voar?...)

Do jeito que as coisas andavam, poderia não ser estranho que a mulher demorasse tanto a voltar, e agora já nem pensa na amiga que lhe telefonou faz 24 horas. Ela é só uma amiga, mas que o conhece muito bem, principalmente do passado, quando tocaram juntos e até se apresentaram em público. Se conseguissem se juntar para ensaiar um repertório novo, poderiam também convidar o amigo guitarrista e um percursionista...

Mais um dia e já é segunda-feira: nada de a mulher voltar. No escritório era melhor que nada fosse comentado, e no final da tarde, entre ligar para o polícia, para a família da esposa, achou melhor tomar alguns golezinhos sozinho mesmo e relaxar antes de qualquer decisão.

Não havia ilusão ou motivo maior para tentar um novo telefonema àquela amiga, ainda mais em hora tão tensa. Mas disse a si que "perdido ou perdido e meio" tanto faria, lembrando-se também de outra expressão, a de "pintar a cara de peroba", para então iniciar o seu fingimento de haver ao menos um motivo de alegria, o de finalmente tentar mais um telefonema para aquela amiga. E fez isso: já não achava que deixar de ligar seria covardia, mas respirou fundo, apertou as teclas. E o que ouviu do outro lado foi:

– Não, ela não está. Também não disse quando voltaria

Era uma voz masculina com sotaque hispânico, vinda da casa em que a amiga lhe disse morar sozinha. Estaria, na verdade, casada? Estava sendo assaltada? Nada disso. Valeria a pena dar uma banda de carro para conhecer o local onde ela morava? Pensou bem e decidiu ficar.

Deve ter ido com muita sede ao pote. Se for pensar, não havia nada que o impedisse, por *respeito* (exemplificando) de fumar um cigarro antes de dar o tal telefonema. Mas sua excitação era inequívoca.

* * *

Em meio à tensão, Ivo resolveu cochilar o sofá. E teve um

longo sonho. À beira da piscina, ele tomava sol e havia ao seu lado duas mulheres. Ambas apenas de *shorts* e ele também. Não conseguia identificá-las. Acordou sobressaltado, dormiu mais um pouco e sonhou com uma chuva...

Ainda no sonho, era uma manhã clara em que ele ia até a praia e não olhava para os lados. Andava bastante pela areia sem ter tomado ainda o primeiro café, e mesmo assim já acendia o segundo cigarro do dia, pelo prazer de olhar as aves. Desejou se molhar, mas primeiro quis lamber do próprio suor, e só então partiu para o banho. Banhos nas ondas, em que o mar foi lhe levando, levando...

Passou uma semana sonhando com essas mesmas coisas e não sabia como explicar aquilo. E passada essa semana, a mulher havia voltado e eles pareciam enfim se entender e se respeitar novamente. Mas aproveitando-se de um momento de tristeza, ele vai tentar pela terceira e penúltima vez investir em um telefonema àquela amiga, porque não era possível ela ter vindo procurá-lo justamente na época de uma possível separação.

Mas dessa vez não vai ser de casa, claro, ele vai até um *orelhão*. E o que vai ouvir, novamente, não será nada do seu agrado. Mas era só para ter certeza mesmo de que uma nova história, a essas alturas da Copa do mundo, não tinha nada para dar certo.

Também a mulher provavelmente vai voltar a sumir antes de partirem de fato para uma negociação de afastamento. Ou então eles vão conhecer um excelente guru que lhes dará instruções de como mudar completamente aqueles hábitos.

Agora, depois de vinte anos de separação, ainda não sabem se aquele guru existiu de fato. Mas sabem o que ele queria dizer: que no Universo, tudo já estava desenhado, e que eles precisariam mesmo se separar. E que era inevitável que os dois entrassem pelo cano, e da mesma maneira, de verde e amarelo, como se formassem uma equipe olímpica australiana.

Mas o guru (que nem se sabe se existia) previu também um segundo "final" para o relacionamento, e era um ajudando a melhorar o outro (como se fossem espelhos pelos quais enfim se enxergariam) e tratando de amar o jeito com que o outro lidava com suas imperfeições.

E assim passariam a se alimentar de coragem, aumentar as conquistas e um a se apoiar no outro quando fosse preciso. Esta é a grande moral da história de Ivo e de sua esposa: quando se está "aturando" ou "rivalizando", isso não é amor, isso é jogo. E: "onde há jogo, não há amor", como dirá um profeta de nome Ali Babá, tentando imitar os indianos.

IVO ENTRE AS ARANHAS

Ivo pouco se emocionou com o convite deixado em sua caixa de correio, vindo de algum parente distante. Não tinha sequer motivos razoáveis para aceitá-lo. Mas aos poucos lhe foi despertada a curiosidade de visitar aquela fazenda antiga, que conhecera tão bem na infância, pela ideia de conferir o quanto de real estava registrado em sua memória

Com o passar do tempo, fora perdendo totalmente a simpatia por aquele lado da família, e mal pôde entender por que fora convidado. Ele nunca era lembrado para nada, e muito menos demonstravam interesse pelos trabalhos que ele, a duras penas, conseguia realizar.

O convite falava de uma longa comemoração, de duas noites e dois dias inteiros: hospedagem, refeições, atividades esportivas. Os convidados poderiam chegar a partir das 18h da noite de sexta.

Ivo foi. E foi cauteloso, na manhã de sábado, saindo umas dez da manhã para estar lá no almoço. E a chegada foi ok: bem recebido, deram-lhe um quarto, tomou banho e sentou-se à mesa com algumas pessoas até simpáticas, mas de quem mal se lembrava.

Pouco depois da sobremesa avisou-se que haveria um segundo passeio a cavalo, dali a meia hora. Ivo tinha uma boa desculpa para não cavalgar: as dores nas costas. Mas afora isso queria mesmo era ficar sozinho e curtir aquela casa. Pôde então fumar o seu primeiro cigarro e sentir, enfim, o sossego que tanto almejava.

Mal acendeu o cigarro, outro rapaz, filho de um empregado, apareceu de surpresa e começou a puxar assunto. Eles tinham exatamente a mesma idade. E parecia suspeitar que Ivo quisesse abrir aquelas muitas gavetas, vasculhar as riquezas displicentemente guardadas em algumas delas. Então, para não criar caso, Ivo avisou que daria uma volta a pé.

O estranho se ofereceu a ir junto e ele disse que não precisava. Quando começou a segui-lo assim mesmo, percebeu que era um sujeito inconveniente. E viu-se na necessidade de explicar que ia apenas dar uma passada no carro para pegar o *walkman*, pois precisava ouvir uma música e fazer correções.

O rapaz não entendeu e perguntou:

– Você agora é músico?

– Não exatamente. Dou aulas de português e presto serviços de correção para letristas.

Tentou explicar que aquilo era um trabalho, mas o cara não parecia entender. Ou melhor, parecia querer mesmo importuná-lo, porque continuou a segui-lo quando Ivo colocou o fone de ouvido e já nem olhava para trás.

Só depois de muitos passos, em cerca de meia hora, foi que resolveu parar, tirar o fone e, observando tranquilamente aquela paisagem campestre inspiradora, perguntar ao indivíduo:

– Você está me vigiando?

A resposta o surpreendeu:

– Eu sei bem quem você é... Foi você que matou meu irmão. E agora não vamos mais deixar por isso mesmo!

– Como assim?

– Eu reconheci quando você chegou. Você vendia maconha pra ele.

– Deve estar havendo algum engano, eu não fumo maconha e acho que nem conheci o seu irmão.

Entre as coisas que lhe passaram pela cabeça era terem-no confundido com um primo mais velho, que mal conhecera, mas que sabia ter feito muitas barbaridades e até atropelado uma pessoa. Insistiu que estava sendo confundido e que quando as pessoas chegassem da cavalgada poderiam tirar isso a limpo.

Ficou ainda mais surpreso quando o cara lhe disse que não esperaria a volta das pessoas para acertar as contas com ele, mostrando que estava com uma arma presa ao cinto. Perguntou o que pretendia fazer e ouviu que era para continuar andando em direção ao lago, sem olhar para trás.

Nesse momento, o instinto de sobrevivência de Ivo começou a falar mais alto e ia lhe dando ideias enquanto caminhava. Fingiu estar distraído, olhando para um pássaro, enquanto se aproximava de uma pedra do tamanho de sua mão. Instintivamente, escolheu o momento certo e deu um grito apontando para o lado.

Quando o sujeito se distraiu, passou a atacá-lo com as pernas e o punho esquerdo e na primeira oportunidade deu-lhe uma pedrada muito forte na cabeça. O rapaz desmaiou e parecia estar morrendo.

* * *

Ele realmente não pôde ver os seus parentes voltando do passeio a cavalo, pois quando isso se deu, já estava no final da estrada de terra. Chegando ao asfalto, resolveu tomar a direção contrária e, enquanto ouvia a música dos seus amigos, ia pensando em quanto dinheiro tinha no bolso, porque sabia que ia continuar fugindo.

Ivo era ainda jovem e encarava como necessidade os seus planos de mudança de identidade. Para os parentes, ele apenas sumiria do mapa, mas tentaria começar vida nova em outra cidade.

Vender o carro era inevitável, e teria de ser a dinheiro. Chegou a pensar em ter uma moto "fria", mas desistiu da ideia. Só não podia demorar-se muito, pois logo estariam à sua procura.

Na terceira cidade resolveu tentar a sorte. Procurou um bairro periférico, de pouco policiamento, e lá conseguiu estacionar perto de uma lanchonete, de onde podia ver o carro. Depois de comer, pagou logo a conta e avisou que precisaria ficar por ali mais um tempo, e o jeito foi beber algumas cervejas, até anoitecer.

Estava atento ao rádio, mas nada foi noticiado. Foi então que apareceu uma garota da sua idade, com jeito de universitária.

Pediu um maço de cigarros e uma cerveja, sentando-se em uma mesa ali perto. Estava na cara que havia reparado nele, e então foi até a mesa dela lhe pedir fósforos. Sem qualquer inibição, ela perguntou:
— Aquele carro é seu?
— É, mas estou pondo à venda.
— Por quê?
— Preciso de dinheiro para continuar minha viagem.
— Você está fugindo?
— Fugindo? Como assim?
— Você tem cara de quem está fugindo. Pensa muito.
— Você reparou, é?

Ficaram nessa conversa não muito afinada, e ele aos poucos foi falando de seu passado, mas ela não acreditou quando disse que realmente estava fugindo. "Homens não fogem de casa", ela deve ter pensado.

Foi ao banheiro e quando voltou havia mais duas garotas à mesa. Foi apresentado a elas, e depois de muita conversa, como já dava para imaginar, elas pediram para dar uma volta de carro.

Iam primeiro à "república" onde uma delas morava e talvez ele pudesse pernoitar. O que elas falaram no carro o deixou muito à vontade. Comentaram que a primeira delas tinha razão, que ele era muito educado, mas quiseram saber de que tipo de ajuda estava precisando. Inventou que pegara seus pais em flagrante, discutindo o incômodo que ele representava em ainda morar na casa deles. Teria ficado revoltado e resolvido desaparecer por dois ou três anos, para que os pais se arrependessem.

E sim, elas o acharam meio bobinho, mas também o entendiam, pois sofriam pressões das mais variadas de seus pais...

(Bem no futuro ele vai se recordar disso, entendendo que eram todos jovens, sem crenças e noções de responsabilidade. Lembrará de que, quando parou em frente à república, houve uma longa conversa entre os quatro, e que falaram sobre relacionamentos. Poderá até lembrar que, na intenção de namorar uma delas – estava na dúvida entre duas –, não expôs muito de suas experiências particulares, acreditando que falar de namoros antigos acabaria atrapalhando. Falou que admirava os relacionamentos longos, mas que achava o dos seus pais muito complicado. Riram quando disse que seu pai devia achar que o relacionamento deles era ótimo, e que só a mãe dele ainda não tinha consciência disso.)

(O que está acontecendo agora só se saberá no final desta história, mas o fato é que Ivo está preso no quarto escuro de um aeroporto, onde repara haver inúmeras aranhas. E percebe no próprio corpo as marcas de quem apanhou muito, mas não se lembra de como isso se deu.)

* * *

Finalmente elas o convidaram a entrar, e soube que na verdade também moravam ali dois rapazes, dos quais um quis fazer *sala* para ele, enquanto as três meninas, sem cerimônia, foram ficar a sós no quarto em que uma delas morava (aquela que – do futuro ele passava a lembrar – chamava-se Ida).

Da sala ele ouvia gritos e risadas, notando o jeito delas, inventivo e descontraído, de confabular sobre as novidades, enquanto conversava com o rapaz sobre assuntos variados (ele quis saber o que fazia naquela cidade e se mostrou desconfiado daquela história de fugir de casa).

Ivo não quis a pinga dele e ofereceu-se a pagar se eles tivessem cerveja. O outro começou dizendo que não precisava, mas acabou aceitando o trocado, sem ligar para o caso. Ficou mais à vontade quando ele acendeu um cigarro, e fez o mesmo. Logo as meninas voltaram do quarto com um baseado aceso, em que ele deu só um *tapa*, de leve.

Em seguida as conversas ficaram mais soltas e ele falava pouco, mas pôde perceber que brotava uma grande simpatia entre eles. Finalmente quis saber se poderia dormir na sala e foi aceito. Perguntou quem ia sair mais cedo para que ele pudesse sair junto, e era o rapaz. "Sem problemas", pensou.

Pouco depois, as três meninas o levaram até o quarto de Ida, que acabou saindo na noite com uma delas. Ficaram ele e outra, a que tinha bonitas sardas, ainda no quarto. Foi a hora de sua afirmação, tentando lhe dar um beijo, mesmo que de lado, enquanto estavam sentados à beira da cama. Ela foi receptiva e eles se beijaram, mas logo ouviram um barulho do rapaz na sala e foram até a porta, de mãos dadas. O rapaz falou alguma coisa e ela deu a entender que ia embora.

Ivo foi com ela até o lado de fora da casa. Houve um segundo beijo e ele se sentiu mais excitado, mas logo se despediram. Sem demora, foi ao banheiro e depois se deitou no sofá, tirando apenas o sapato e deixando nele as coisas do bolso. Vestia camiseta e não havia nada para se cobrir, mas ele dormiu muito bem.

Ida não voltou mais, mas a de sardas sim, e antes de ir para o quarto ainda o beijou no sofá, levantando a blusa e esfregando os peitos em sua testa (devia estar bêbada), permitindo que ele a beijasse no umbigo, até que se levantou. Ele voltou a dormir bem e acordou ainda excitado, mas disfarçou quando Nei (ele lembra, agora, também, o nome do rapaz) passou por ali dirigindo-se à cozinha. Acompanhou-o no café e logo foi até o carro, dizendo que voltaria, mas não queria dar trabalho a ninguém.

Levou Nei até outro bairro, onde comeu melhor em uma lanchonete que lhe pareceu simpática. Então tomou a decisão de ir para a outra cidade, que era maior, e foi lá que conseguiu vender o carro. Foi num leilão de usados, muito rápido, porque houve um interessado que o chamou de lado, pagou-lhe uma parte em dólares, outra em reais e ainda lhe deu um cheque que ele nunca arriscou descontar (rasgou-o algumas semanas depois). Como seu documento estava em ordem, pensou em se afastar logo daquela região.

Voltou à república e teve a sorte de almoçar com todos, incluindo um rapaz que não conhecia e as duas amigas. Disse que iria à rodoviária e por sorte a amiga que o beijou (ele já gostava dela, considerando-a quase uma namorada) se ofereceu para acompanhá-lo. Foi por causa de uma conversa com ela, depois de comprar a passagem para Belém, dali a duas horas, que concordou em ligar para seus pais.

Estava ocupado e ele ligou para a irmã, deixando um recado

na secretária. Ouvir a voz de sua irmã o emocionou, e em seguida deu um longo beijo na "namorada", que, agora já se pode dizer, era Lia, com quem depois se casou.

Foram até um café e ele sugeriu que tomassem um vinho de despedida. Depois de um beijo, houve o diálogo em que puderam ser objetivos:

– Por que você não vem comigo?

– Eu estava pensando nisso. Mas teria de preparar uma mala, além de conseguir resolver os meus muitos assuntos burocráticos.

– Podemos comprar coisas para você no Pará, e de lá você liga para as pessoas.

– Ué? Você não disse que não era para ninguém saber onde você estaria?

– É, pensando bem, não daria. Mas o que eu disse é que era pra só você saber.

– Eu quero ir com você.

– Tem alguma ideia de como fazer isso?

– Ainda não, mas acho que tenho coragem suficiente. Já sei: vamos ver se tem outra saída mais tarde, e eu vou com você.

* * *

Trocaram a passagem por outra, no meio da noite, e por outro caminho. Ele disse que preferia ficar também com a dela, e combinaram de se encontrar às dez e meia ali mesmo. Deram um beijo curto, como se já estivesse tudo acertado, mas talvez ela ainda precisasse de tempo para pensar. Para a surpresa dele, ela realmente apareceu lá no horário combinado.

Durante as muitas horas da viagem ele entretinha seus pensamentos com questões ligadas ao tema da identidade falsa. Esses pensamentos ficavam apaziguados a cada vez que ela se mexia, pois foi se dando conta de que estava realmente apaixonado.

Durante quase quinze anos ele viveu na clandestinidade, e de tempos em tempos Lia conversava sobre isso. Já sabiam que o rapaz da fazenda não havia morrido, que havia distorcido toda a história e feito muitas ameaças de vingança, que chegavam a Ivo por meio dos poucos conhecidos que sabiam onde ele estava.

Concordavam em tentar provar sua inocência – se é que era inocente –, mas depois de tanto tempo seria ainda mais arriscado. Aos dois exemplos que ele presenciara na época de erros judiciários que resultaram na morte de pessoas possivelmente inocentes (elas agiram de maneiras inusitadas, mas uma em razão de seus valores culturais, e outra por um medo que cultivara, tendo motivos concretos para isso), somaram-se mais quatro ou cinco, que quase sempre acompanhavam pelos jornais.

Depois de cada uma dessas conversas, ele fazia anotações para desenvolver a sua própria – às vezes com participações dela – tese jurídica-acadêmica de que cada decisão que se tomava nos tribunais tinha relação com a origem dos juízes. Em qualquer parte do mundo, uma resolução jurídica, ou social, sempre se daria a favor de um grupo (mais poderoso, podendo ou não representar a maioria de sua sociedade) em detrimento de outro. Para os derrotados, ou prejudicados, sempre restariam duas alternativas: enfrentar (lutar) ou fugir (admitir a inferioridade e procurar outro lugar no mundo).

No caso do Brasil, vasta região que encontrou baixa resistência de habitantes mais antigos e se deixou ser invadida, várias comunidades que provavelmente estavam sendo expulsas de seus locais de origem (por ameaça de extinção ou simples piora na qualidade de vida) puderam tentar uma nova reprodução de suas sociedades.

A mistura de tantos grupos influenciou na construção dos valores coletivos (intergrupos), mediada normalmente pelo tipo de estado medieval herdado do colonizador, ou diretamente influenciada por uma potência estrangeira maior. Mas mesmo os grupos simples de origem, de outras partes quaisquer do planeta, puderam aqui impor os seus valores por convencimento ou carisma.

Não que suas discussões fossem sempre pretensiosas e cansativas, porque ele e Lia se davam muito bem, já que por muito tempo viveram isolados – chegando a morar dez meses na selva, num ponto equidistante entre as pequenas cidades nas quais tinham seus vínculos de trabalho –, longe das famílias e independentes dos grupos de amizade, normalmente proporcionados pela atividade profissional de cada um.

Ele dava aulas, Lia prestava assistências na área de saúde. O serviço público, por onde começaram, foi se mostrando cada vez mais vicioso e inoperante, mas evitavam falar sobre o assunto, porque ele era mais crítico e ela mais tolerante com o corporativismo e a caça desenfreada de privilégios econômicos.

Ivo gostava do jeito dela de fazer novos amigos, envolvendo-se com facilidade e gosto nos eventos sociais. Ele mesmo tinha pouca paciência para as conversas de teor político (corporativo), e nas festas, normalmente enquanto ela dançava, tinha de aguentar as conversas regadas a cerveja e via-se quase sempre pensando nos assuntos domésticos (cachorro, carro, bicicleta). Mas teve uma noite que foi diferente: perguntado sobre seu passado, acabou lembrando-se de toda a história e dos muitos detalhes daquela época em que fugira.

* * *

Passou-se agora um tempo maior e ele só se lembra do dia em que apareceu na selva aquele francês, da amizade que fizeram e do rapto de Lia. O fato é que o caso chegou à polícia, mas Lia preferiu ficar com o francês. Por causa da participação da polícia, toda a história de Ivo fora redescoberta, e ele precisou fugir novamente. Para onde? Para a Europa.

Isso porque a sua tese jurídica-acadêmico rendera algumas amizades, e inclusive a oferta de viver na clandestinidade pelas ruas de Paris. Com que identidade? Essa era a questão mais difícil, e provavelmente ninguém vai entender como ele fez.

A ideia veio depois de um sonho em que notara a mudança inesperada de seu corpo. Já ouvira falar de coelhos que, separados os machos das fêmeas e aprisionados em jaulas coletivas, acabavam por fazer a mudança de sexo, mas geralmente era uma fêmea que se transformava em macho. Dificilmente um macho criava em si o sistema reprodutivo da fêmea.

Depois do sonho ele se deu conta de que não tinha mais o que fazer para acostumar-se ao novo corpo. Teve uma crise de pânico e começou a fugir, fugir, indo parar no aeroporto. Encontrou a porta de um depósito aberta, entrou, trancou e jogou as chaves pela janela. Viu que o local estava cheio de aranhas. Estamos torcendo para que alguém examine as câmeras e note algo de estranho. Assim poderão salvá-lo.

EVA COANDO LUZ

A explicação que dera a si mesma era a de que não adiantava mais fugir: àquele homem que parecia amá-la, Lia mostrou sua intimidade pela primeira vez, entregando-se pouco a pouco. (Corta para o pensamento. Sim, era um rapaz apaixonado, sensível e louco por ela, mas outras vezes já relutara, sem saber exatamente por quê, e seguia adiando o momento pelo quanto fosse possível.)

Agora já estava quase à vontade, beijando-o, recebendo-o em seu corpo e procurando pelo prazer a cada movimento. Quando finalmente sentou-se à cama para dizer alguma coisa, foi surpreendida com palavras das mais desagradáveis de se ouvir da boca de alguém: um discurso que beirava o ridículo, em resposta à pergunta simples de sempre:

– Você gosta de mim?

– Sim, gosto. Mas sei que na verdade ainda sou bastante apaixonado por Eva. Quando ela me olha, sinto ser uma pessoa que consegue me tratar com respeito, enquanto me deixa à vontade para desejá-la ou não, sem haver proibição. Talvez não seja isso, mas admiro muito o jeito dela, que em nada me faz encrencar, como acontece com outras.

– Quê? Quem é ela?

– Aquele antiga musa da escola, que às vezes ainda consigo ver.

– Mas por que você pensou nela agora?

– Porque amanhã devo tirar este gesso do braço e recomeçar a vida. Olha, Lia, você sempre relutou em se deitar comigo. O meu pensamento foi embora... Adoro você como adoro a todas as musas, mesmo aquelas que nem sei se ainda estão vivas.

– E quem lhe disse que estou viva? – ela brincou.

– Sim, você está viva, e tem a personalidade forte que todos conhecem, com suas aparições no meio de outras pessoas, sempre se destacando.

Essas palavras talvez deixassem marcas em Lia, caso ela não trouxesse de pouco antes uma marca ainda maior: a da total desilusão. Ivo se levantou e foi até o rio, cogitando nadar com o braço para cima. Pensava em Eva. "Se eu me chamasse Boreal, teria um caso sólido com ela, mesmo que gélido. Não, não seria gélido porque a associação que se faz é com a luz, com o colorido dos seus lábios róseos."

* * *

E não mais que de repente, espontaneamente, formou-se uma imagem em cima da pedra. Era impressionante, pois tinha a forma – ou pelo menos o contorno – da musa em que ele pensava. Sonhava assim, vendo-a, conhecer seu interior. Então quis dar um mergulho naquela imagem.

Mergulhando nela, viu todos os tipos de luzes saindo de lá, e as cores, que eram claras, passaram a criar formas cada vez mais definidas. Ivo sentiu-se pousando numa estrada e foi lentamente pondo os pés no chão, até que, com a sensação de flutuar, pôde permanecer andando. Tudo era leve, os pássaros e as árvores que iam se formando, como se fossem de algodão. O gesso? O gesso foi deixando de incomodar, e parecia que ia se dissolver em menos de vinte e quatro horas.

Andou, andou, atravessou uma floresta encantada e, quando a vegetação foi se tornando mais parecida com a de um parque, de caminhos quase delineados, pôde ver escrito em uma placa: "Interior de Eva".

Foi quando apareceu uma fada, que o rodeou algumas vezes até parar ao seu lado. Ele perguntou:

– Quem sois e por que sois tão bela?

– Aqui todas temos a configuração de Eva, posto que somos Eva em seu interior. Todo o reino expressa Eva, pois é à sua semelhança.

– Onde ando me fascino, e agora ando por este caminho até o fim!

– O fim não está longe. Você sairá pela vagina dela, e parece que conhece o caminho...

– Sim, é meu instinto! E na verdade não vejo a hora de sair para poder vê-la inteira e tomá-la completamente nos braços. Pois, se a imagem que vi era de ilusão, pelo menos foi de ilusão plena: o todo.

E Ivo saiu, sentindo-se mais decidido e a fim de segurá-la

onde pudesse, para que a imagem o acompanhasse. E assim foi: desceram de mãos dadas toda aquela parte do rio, enquanto Lia ainda se restabelecia da declaração embaraçosa e seguia-os, mesmo que não visse Eva.

* * *

Ivo esteve com Eva lado a lado durante todo o feriado, na cozinha, na sala e na cama. Sabia que a imagem naturalmente o levaria a estar na frente da musa. Lia, confusa e com seus problemas pessoais, abraçava a ideia de manter-se ao lado de Ivo o quanto ainda sentisse paixão, achando que no mínimo seriam bons amigos. E que Ivo a ajudaria no relacionamento com outras pessoas, enquanto ela o ajudaria no que precisasse, porque se sentia desejada por ele.
– Ivinho, quando voltaremos para cá?
– Logo que pudermos.
– Poderíamos também trazer alguns amigos, até para oficializar, aos poucos, nossa relação.
– Em quem você pensou?
– No Nei, na Ana... Ninguém em especial, mas gosto de alguma companhia a mais, às vezes.
– Também gosto! E foi gratificante ouvir isso de você: "nossa relação". Eu acredito nisso, e principalmente, sem muita ansiedade, acho que podemos continuar nos gostando.
Lia dormia muito tranquila, com a cabeça repousada no ombro dele, e com a mão no seu braço. (Corta para o sonho.)

***

Iriam agora a uma fazenda muito preciosa na memória de cada um dos amigos que estiveram lá, principalmente na infância. Quando meninos, eles fizeram de tudo: atravessar os morros a cavalo, nadar no ribeirão, ir ao engenho para fazer brincadeiras, aprender alguma coisa sobre plantação. É incomparável a melhor qualidade de vida da fazenda para os que ainda moram na cidade: acordam cedo com o canto do galo, vão até o curral beber leite e caminham por aquele espaço aberto, tendo no chão a terra e o mato, e no céu o sol e as nuvens.

Na adolescência, aqueles cinco amigos decidiram pegar um trem e revisitar o lugar. Levavam seus violões, seus vícios de adolescência, mas principalmente a memória de que naquele lugar eles passaram os melhores tempos. Corta.

***

Ivo vê apenas como hipótese a ideia de ainda amar Eva apesar de algumas idas e vindas – ou mesmo órbitas – psicológicas. Mas sente que contar a história de como a conheceu não valeria a pena: coisas assim já foram muito contadas. Para os amigos, não gostaria de especificá-la, ou deixar fácil adivinhar-se. Sua história é quase toda psicológica, tentando minimamente caracterizar aquele tipo feminino

Agora ele vai propor uma nova aventura: viajar pelas paisagens andinas, tirando-se delas o melhor proveito no sentido de enfatizar a cada um os momentos vividos a dois. Está bem, isso também se trata apenas de sua imaginação, mas foi lendo Proust que Ivo aprendeu que na vida não há sequer o futuro. O escritor era tão intolerante com o presente que não se deixava abordá-lo sem as vivências dispersas, apenas por uma questão de materialidade.

A questão da materialidade é pequena diante do engrandecimento da alma. Mas um espírito só evolui se cumprir bem as exigências do mundo. Há muitas a serem trabalhadas, e o coletivo é uma delas. Como melhorar a sociedade? Será contribuindo para o aprimoramento de outros espíritos? Sim, mas para quem já sabe disso é preciso não se deixar invadir.

Quando ela lhe diz que por uma questão profissional terá de se submeter ao gosto de outras companhias, ele desconfia. Isso não é justo, embora ele tenha tempo para esperar até que ela descubra sozinha onde está o erro.

* * *

Sair daquele lugar era o mesmo que recomeçar a vida. Findado o ciclo de férias, de diversões e aventuras naquele hotel, restava ainda o caminho de volta até o aeroporto, o voo de volta para a casa deles. Acontece que aquele caminho era sempre a coisa mais linda e forte, em beleza e sensação. Se as alegrias ficaram para trás, a reflexão contemplativa estava mais presente do que nunca.

No aeroporto, suas identidades mostravam o caráter da

relação: não eram casados no papel, mas à vista de todos. Poder-se-ia dizer com clareza sobre como chegaram e saíram – sempre à vontade – daquele e outros países, logo se adaptando aos variados tipos de paisagem.

HÁ TANTA FALTA DE EVA

Ivo está agora a escrever sobre si mesmo. Percebe-se haver nele uma sobra de tempo, e seria mais aconselhável que o empregasse no estudo acadêmico. E isso apesar das louças sujas da cozinha, o que também deveria ser uma prioridade.

Mas ele se sente viciado em pensar na mulher amada: está triste por isso e precisando desabafar. Os amigos lhe dizem abertamente que é para esquecê-la. Não descartam que ela tenha valor, mas, se não quer nada com ele, por que insistir? Ivo tenta acreditar que não é insistência, que vai apenas sondá-la mais uma vez.

É normal que ele não tenha motivação para apressar-se em outras tarefas. Se nesse momento há sobra de tempo, no geral a agenda está cheia e ele se cansa muito. E se cansa porque ocupa o tempo ao máximo, inclusive com atividades terapêuticas.

Isso porque um dia lhe disseram que ele precisava se ocupar para pensar menos. E que, se trabalhasse muito, sofreria menos por amor. Mas em relação a essas atividades "terapêuticas", ele sente que: 1 – cuidar de si é amar alguém e conseguir ser amado, o resto faz pouca diferença; 2 – estar triste por causa de um amor é melhor do que não sentir amor nenhum.

E não adianta iludir-se e achar que algum lance de ação poderia mudar o desenrolar das coisas. Nada abolirá o acaso.

Para ele, triste é abandonar a religião sem nenhuma perspectiva de aprendizado espiritual. A ciência não lhe define o que é espírito, apenas o conceito teórico. Chega-se a analisar as evoluções da psique, mas não há nada que possam provar, nada que faça detectar materialmente o que se passa dentro de um cérebro.

No entanto, todo o aprendizado científico deriva de organizações intelectuais feitas na Antiguidade. E na Antiguidade, era comum o emprego do termo "alma", algo associado à evolução espiritual, mesmo que psicológica (termo que não havia).

E agora, abandonadas todas as superstições, tudo que não se pode provar, resta aceitar os conceitos probabilísticos do acaso, aceitar que a vida é uma mera casualidade, dentro da pura relação de causa e efeito estabelecida a partir de um marco zero, ou da infinitésima fração de segundo em que se iniciou a marcha do tempo.

* * *

Mas se for assim não existe aprendizado. Por acaso alguns evoluem rápido, outros não. O determinismo da ciência chega a ser mais cruel que o religioso, que supõe o confronto final entre forças do "bem" e do "mal", com a vitória do primeiro e, portanto, a aniquilação do segundo. Para haver continuidade (mesmo que o fim se ajuste ao conceito de eterno, algo atemporal, pressuporia assim não haver começo, e, portanto, nada existiria), o "bem" vitorioso se subdividiria em novos "bem" e "mal".

Seria difícil para a ciência definir os conceitos de "bem" e "mal"? A ciência é a organização intelectual do aprendizado humano, de modo que os seres dessa mesma espécie possam se comunicar por códigos seguros (até aí pouco se difere da religião, mas tem a isenção de não estabelecer regras doutrinárias, tiradas de dogmas que não se podem provar). Só que todo o material dessa organização é fornecido pelos sentidos que permitem ao ser humano (como aos outros seres vivos) apreender a natureza e, portanto, sua existência inserida nela.

É desses sentidos que derivam todos os conceitos bipolares: dor–prazer, raiva–ternura, fome–satisfação etc. etc., bem-humorado–mal-humorado (bipolaridade esta que se explica até pelo modo de ação dos nervos, nos estímulos de sim e não, como no funcionamento das máquinas cibernéticas, pela dupla condição do estado de uma lâmpada: acesa – integrada à corrente elétrica – ou apagada).

Ao "mal" estariam associados os estados de raiva e fome (com o primeiro decorrendo do segundo, por exemplo): sua representação iconográfica deriva das feras raivosas, seja pela guerra da sobrevivência (por fome, necessidade de destruir o inimigo, ou rival, na competição por alimento, território, cônjuge, na prevenção contra ameaças), seja por simples paranoias. "Ruim" talvez venha de "ruína", de algo derrotado ou superado (que na ciência mantém-se como valor histórico).

Ao "bem" se associa a ingenuidade, o estado de contemplação e desfrute da vida em momentos de ternura.

"Bem" e "mal" não existem para a ciência, nem na natureza: não há julgamento moral que justifique ou condene o movimento das placas tectônicas. Fica apenas o vazio, quase vácuo, do acaso, dos movimentos e das leis naturais.

Neste acaso, o sectarismo presente em quase todas as sociedades faz com que cada homem, mulher ou grupo social se sinta o máximo do aprimoramento genético, ou parte do "povo escolhido" religioso, e cada derrota sofrida fá-lo-ia buscar explicações morais, que serão comumente religiosas, ou pela falta de dados científicos, que na história estarão sempre em expansão acumulativa (por mais que se encontrem atalhos de síntese), como o universo.

* * *

Algo falta esclarecer: todos os sentidos humanos só funcionam dentro das chamadas grandezas físicas, a começar pelo tempo (que pressupõe espaço e matéria, como energia concentrada). Os sentidos humanos só têm "sentido" porque se inserem numa experiência temporal (ou de memória histórica).

Todas as representações religiosas (ou do divino), no entanto, só podem ser transmitidas por representações de sentidos, principalmente visuais (mesmo as geometrias abstratas são de apreensão histórica) e sonoros (mantras ou um som isolado, no caso do *om*), mas todas as especulações sobre algo espiritual pressupõe o eterno, o atemporal e, portanto, a inexistência do tempo e dos sentidos. A não ser, no caso de crenças pagãs, que se suponha a existência de algo não natural (ou não desvendável pela ciência), mas que também não seja eterno. Para a ciência, imagina-se, haveria a eternidade do átomo em suas múltiplas modificações ao longo do tempo, mas se não deixarem de existir, nunca terão existido (só existem no tempo, e não poderão existir se o tempo for eterno e, portanto, inexistente – a não ser como fantasia, deixando ou não de existir conforme é imaginado).

* * *

Nada do que foi dito foge às regras das representações humanas por imagem (instantânea) ou discurso (ao longo do tempo). A representação humana é sempre fugidia, porque feita de metáforas de sentidos múltiplos. Em aberto nas suas representações, o texto religioso poderá sempre se adequar à ciência. O casal criado por Deus poderá representar o acasalamento matriz de toda uma espécie de filiação genética identificável, e assim por diante. Desse modo, o "mal" seriam os erros de tentativas para um objetivo predeterminado, e o "bem", os acertos.

É tão triste abandonar a religião como abandonar a ciência. É abandonar-se às expressões do espírito, ou sentimentos, como mera casualidade. Infelizmente, até isso se mostra uma opção religiosa à maneira do budismo: não desejar nada, porque nada existe. E, portanto, não há tristeza.

Mas, por ciência ou religião, existimos pelo simples ato de interagir. E existindo, mesmo que passivamente, fazemos parte desse jogo de causa e efeito, inseridos numa história cultural. E das expressões culturais o conhecimento humano gerou a temática comunicativa, que se resume a duas: a existencial (que inclui a religiosa, a científica, a sociológica, a alucinógena etc. etc. como é o caso desse texto) e a erótica (de puro instinto, ou acaso).

* * *

Existe evolução? A expressão "aprender com o passado" pressupõe a ideia de que os erros possam servir a alguma coisa, sendo este "alguma coisa" justamente a possibilidade de não os repetir em oportunidade semelhante, evitando-se assim passar de novo pela mesma experiência ruim.

Mas a possibilidade de mudar de atitude só existe pela razão: a consciência de que se errou, isto é, de que embora o instinto indicasse na hora uma ação, e a pré-consciência como fiel da balança o apoiasse, em uma nova oportunidade, em que as variáveis aparentemente seriam as mesmas, ele provavelmente agirá de outra forma.

É senso comum relacionar justamente essa capacidade de aprender com os erros (ou acasos) à inteligência, que seria o oposto da teimosia. Até as planárias, segundo estudiosos da psicologia animal, reagem (embora lentamente em relação aos mamíferos, por exemplo: só depois do centésimo choque repressivo é que ela evitaria uma ação) com base na experiência passada.

Eis aí uma segunda equação: a inteligência é diretamente proporcional ao bom funcionamento da memória. Na memória há um horizonte para a consciência, e sobre o que está depois dele já não se sabe, ou se confunde, o que de fato aconteceu (dentro da lógica de representação racional e coletiva) com o que se imaginou ou construiu *a posteriori*.

Ele quer dizer assim que o que o motivou a falar sobre isso foi a passagem do tempo, para a qual ambos têm a sensação de uma uniforme aceleração (afinal, a única referência possível é a comparação com o que já foi vivido, isto é, com o tamanho – ou peso – da nossa memória como sensação de tempo passado, que é também inversamente proporcional à capacidade de guardar detalhes, numericamente cada vez mais dispersos, como galáxias de um universo em expansão).

Pequenas crônicas loucas

AS AFEIÇÕES DE NÍCOL – FICÇÕES

"Nícol Back"

Ashley era o nome artístico da heroína mais sensacional que ele notara até então, capaz de rir dos próprios erros, mas também de seduzir pela graça e sexo pessoas do mais alto conhecimento, que facilmente reconheceriam sua superioridade ao discutir-se o dom artístico.

Mas isso fazia tempo. Quando Nícol olha para uma "Carol" de carne e osso, ele pensa no tempo que ainda está perdendo.

(O que existe entre ele e a Carol não é aquele amor preconizado pela maioria das religiões, mas o que possibilita a cópula pura e simples dos seres de sexo diferente. Não o amor verdadeiro, mas o que se autoalimenta pelas delícias do sexo. É este o amor que lhes fez falta durante toda a adolescência, e que se de algum modo foi saciado no decorrer de dois ou três namoros mais longos, fez-lhes uma falta ainda maior que a do amor verdadeiro em suas jornadas de vida. Simples: porque o amor verdadeiro brota dentro de si mesmo, gerando amor no outro e se tornando maior a cada busca de relação. Já o amor carnal depende de sorte, só de sorte, ou talvez esteja interditado por alguma magia, por alguma parapsicologia qualquer, que atravessou gerações.)

Contemplação

Mas agora o que mais o toca (entre a luz da lua, a areia branca, os laços de amizade e a pouca receptividade daquelas que não lhe dão valor) são as donzelas que pôde ver no aeroporto, ainda jovens e tenras, de que tanto (e tontamente) deseja o prazer. Fazer amor, ou sexo, para ele, já se parece até com ficção: utopia.

Medo de uma catástrofe

Por fim saiu do acupunturista e os dois portões se fecharam atrás dele com suas trancas automáticas. Viu que a rua estava vazia (não havia mesmo ninguém). E se a cidade estivesse deserta, o que faria? Tiraria o telefone do bolso para ver se funcionava. Se não funcionasse, correria até sua casa e tentaria ligar o carro. Se o carro ligasse, correria para onde estivessem os filhos.

Vizinhança

"O perigo mora ao lado", diria a dramaturgia cinematográfica de algum outro produtor. O perigo era achar a Carol suficientemente gostosa e atraente para resolver sair de casa assim que estivesse tudo muito, muito tranquilo.

Atendeu ao telefone de muito mau humor, mas quando viu que era ela, tentou se redimir. Tratou de bem tratá-la e de até *paparicá-la*, de comemorar a visita e insistir no café. Ela tomou. É: a Carol, apesar das diferenças que tinham, habitava um belo corpo e se dizia muito admiradora de sua arte e trabalho. Ela o apreciava sim, e fazer tocar suas músicas em meio a reuniões de pessoas mais jovens era uma prova disso.

A Maria Joana lhe interessou porque parecia acessível a um namoro experimental. Já a *Carol*, deixou *claro* que não era essa sua intenção. Cultivar a amizade? Foi o que ela fez.

O preço acabou sendo aquele previsível, ou relativamente: só não calculou que daria tapas no baseado. Preparou-se para dizer não à primeira oferta, e assim o fez, dando até justificativas. Mas na segunda ou terceira, já sob o efeito do álcool, não resistiu.

Ana, Jane e Ina

Janaína era jovem, muito bonita e tinha cara de banana. De tão linda que era, nunca teve noção de maldade. E nem precisaria, pois nascera em família capaz de defendê-la de qualquer investida enganosa. Só que isso foi lhe deixando dúvidas morais: os perversos lhe pareciam divertidos.

Outono

Nícol se sentia desanimado. Mal terminara o almoço, precisou correr para a cama e tirar um cochilo. E logo começou a chover.

Chovia naquela tarde e uma gota que fosse já seria motivo de comemorações, fazendo com que as duzentas famílias se sentissem mais confiantes pela trilha escolhida. Peladas (onde foi que se falou em descobrimento erótico?), as mulheres se sentaram para expor as barrigas aos pingos que caíam, massageando a pele, escorrendo ao ventre. Aquilo sim era uma chuva.

Apesar das facilitações e simulações do sonho, ele não conseguiria gozar pela simples ação de um fenômeno natural, mas já se fez algo semelhante, sob o chuveiro.

Origem das sombras e lusas iluminadas

Sim, esta é a nação que se fez a partir de uma organização colonial justificada no bom patriarcalismo. Mas se os lusos se encantaram com a nudez e formosura das índias, também os nativos e negros se sentiam atraídos pela beleza das europeias.

Por essas e outras considerações, Nícol passa a também lembrar de quão bonitas são as muitas jovens portuguesinhas que estão agora a experimentar suas calcinhas e sutiãs, sejam aquelas de "peitinho" ou de "peitão", pois o que importa é estarem vivendo os seus momentos de pura descontração.

E são mesmo elas as que fazem amor com rapazes ainda no auge de suas puberdades (aqui não se pensou em bigodes), e as que enlouquecem os homens ao acolherem seus órgãos excitados com a mão ou de outros modos, às vezes até conversando com eles.

No "fabulário" dos lusos estão as muitas histórias de lâmpadas, táxis, aviões, alfândegas e até jogos de futebol. Dizem que eles gostam de mergulhar porque *no fundo* não são tão burros. Que inventaram o limpador de para-brisa e os americanos apenas copiaram a ideia, mas colocando-o do lado de fora do vidro.

Adendo linguístico

Voltando à realidade, Nícol viu ser esse o modo de apreensão do sincrônico e do diacrônico na linguística, havendo a impossibilidade de se fixar uma língua pronta: as línguas não são fotografias, mas bases (a não ser em grunhidos e balbucios de recém-nascidos, elas seriam bases: não se definiria a comunicação humana, mas sim a do animal, por cheiros e dentes).

Solidão pra nada

Sabia que ninguém se importava de verdade se ele fosse ou não àquele lugar: os convites eram meras formalidades, ditados pela educação.

Fingiu se encantar com as duas mensagens de convocação, ocorridas a um só tempo, desviando o olhar bem na hora em que se notaria que no fundo não era para aceitar. A ele, importava menos ainda estar lá (a não ser, claro, por aquela *fofurinha* que talvez também estivesse; aquela graça de pessoa que bem poderia voltar no mesmo carro: há tempos que ele matava cachorros a grito).

Willy & Billy

Nícol foi consultar o amigo biólogo e viu que era bobagem essa coisa de dizer que geneticamente os filhos são mais parecidos com as mães que com os pais. Espiritualmente até podem ser, com um ou com outro, mas isso a ciência não se atreve a explicar, pois não tem base material.

Esse amigo também entendia de como as abelhas tinham suas explicações mitológicas para o aparecimento do caldo universal nas dimensões do espaço-tempo astronômico, mas para a nova pergunta específica de Nícol, ele simplificou a resposta: o espermatozoide quando invade o óvulo encontra uma célula já pronta, que tem como um dos componentes a mitocôndria. Acontece que a mitocôndria originalmente não fazia parte das células; em tempos bem remotos eram bactérias livres, que acabaram se introduzindo e entrando em simbiose com as células humanas (uma ajudando a outra a se reproduzir).

Essa mitocôndria seria herdada só da mulher, mas representava um DNA de cerca de 13 mil características sequenciais (o chamado *DNA mitocondrial*), enquanto o DNA humano teria cerca de três bilhões. Seria essa, portanto, a proporção da predominância de características genéticas da mãe (13 em três milhões).

Da explicação do amigo, o que Nícol achou mais interessante foi que essa simbiose com as bactérias teria ocorrido logo depois da separação entre os reinos animal e vegetal, antes mesmo de haver cordados. Então, se for ver, até um chuchu é mais parecido com a mãe que com o pai.

HISTÓRIAS PASSADAS

Ivo em profusão

Tempos atrás, Lis lhe mandara por e-mail um trecho do mito africano: "... antes de se tornar esposa de Xangô, Oyá teria vivido com Ogum. Encantada com a beleza de Xangô, decidira abandonar Ogum e fugir com seu amado...". Sugestivo. Ele também lembrava que Oxóssi – que simbolizava a mata com suas plantas e animais (entre eles o homem) –, o filho de Oxalá com Iemanjá – que simboliza a totalidade das águas –, fora casado com Oxum, que simbolizava a água doce dos rios.

Pensava, como interpretação desse mito (o seu), que ele, Ivo, viveria nos rios do Parque da Bocaina, apaixonado pelas águas doces de nome Lis. Sim, porque Lis era muito doce, e ele, que já estivera com ela, sabia disso. Os olhos azulados e brilhantes da Ana, de pele salgada, compreenderiam todas as águas do mundo, a mulher que viria para ficar: para fazer sexo do jeito desejado, assumindo sua condição de esposa do rei; rei este que passaria a se espiritualizar ao assumir um novo guia, Oxalá, tendo Xangô, com o próprio santo – São Francisco a cuidar de sua saúde.

Quer dizer: Lis poderia até lavar sua alma, e talvez ainda lavasse (dentro de um percentual próprio de probabilidades), quando finalmente reconhecesse que não era para ficar com Lia – como se aquilo tudo que sentia por ela não passasse de ilusão; uma ilusão enganosa, de que graças à participação positiva dos guias espirituais poderia se libertar. E assim ele se desvencilharia de Eva, por vontade própria.

Jacinto e as imagens

Jacinto melhorou das costas (isto é, "já me sinto melhor") e por isso começou a haver esperança. Mais tarde irá à locadora alugar "filmes de ciúmes". A ideia em que ele insiste é de que "aqui é como lá", de onde tudo anda, "anda, anda" e vai parar no futuro.

A comparação de duas gravuras de Albernaz pode ter sido fortuita, mas foi pertinaz (o que mais? teve sorte, foi perspicaz). Pensou daí em teorizar sobre a "origem da virgindade" em sua "gramática dramática" (as principais técnicas teatrais) o que se daria pelo estudo de uma mitologia sobre a mulher pura.

Outros títulos ainda lhe vieram: "os tipos de aranha que vivem nos aeroportos", ou a "torneira e a troneira", um estudo em que desenvolveria sua teoria sobre as principais diferenças (de função e mesmo de anatomia) entre os estados do órgão reprodutor masculino dos seres vivos em geral.

Rebeldia em família

Não tinha ainda a consciência, mas sua rebeldia imitava uma reação da mãe aos exageros autoritários do pai. Foi assim: na pretensa condição de chefe, o homem ia se acomodando, achando-se o gostosão que sabia de tudo, que sempre teria a melhor opinião e que isso valia muito, e então começava a "tirar sarro", pegar no pé e até (mas não no caso dele) dar ordens. Aí um dia a mulher quis reagir a essa situação esdrúxula e começou a criar caso por qualquer coisa. O homem não podia falar mais nada, tudo virava implicância.

Veio a noite de Natal e fez-se um pacto, mas, "peraí", com qual família eles passariam? Com a da mãe, naturalmente. Os filhos, que já gostavam mais da família da mãe, porque era mais alegre e bonita, além de exercerem o privilégio de passar com ela os melhores momentos da vida – as férias –, assim o preferiram. Mas o pai lembrou que também tinha uma mãe e que ela estava sozinha, desejando muito a presença dos netos. Inventaram de fazer um Natal familiar em Volta Redonda. A mulher aceitou, os filhos foram, mas não era a mesma coisa. Melhor era o Rio de Janeiro.

Depois concordaram em passar o Ano-Novo em Búzios. Foi muito mais improvisado que na Bahia, e produzir almoços (foi a primeira vez que eles comeram lentilha), jantares, lanches, camas com travesseiro para um batalhão, não tinha o "profissionalismo" com que as crianças estavam acostumadas. Aí veio o vexame: rebeldia das crianças quando passaram pelo Rio de Janeiro, querendo ver os avós maternos. Foi a mãe que "fez a cabeça" delas? Foi, com muito amor e ternura, não só dela, mas principalmente de todos aqueles parentes cariocas...

A realidade do sonho com dentes

De fato, o episódio o fez reviver sensações da infância, na época do ginásio. Ele precisava acordar muito cedo, antes de todos da família, e frequentemente tinha o mesmo sonho: de que se levantava sofridamente da cama, abria a gaveta da cômoda para pegar uma calça, descia para tomar café, ia até o portão para seguir até a escola e então tocava o despertador. Percebia que teria de fazer tudo de novo. O despertador representava o inferno, ou, na interpretação de um amigo psicólogo, o verdadeiro suicídio, já que as pessoas enquanto sonhavam estariam em outro mundo, vivendo em outra existência (isso na teoria dele).

Naquela época, ou no presente, os sonhos se mostravam uma existência paralela, interligáveis entre eles próprios, havendo muitas vezes retomadas de sensações de outros sonhos que não podiam ser traduzidas para a realidade, mas que eram perfeitamente associáveis durante a pré-consciência. Durante essa época antiga, do ginásio, ele passava por tratamentos de ortodontia, e não sabe se era traumatizante (porque ao mesmo tempo era um empenho: ficava orgulhoso quando o médico lhe contava que expusera o caso em congressos internacionais de ortodontia), mas o que sabe é que até hoje sonha que está dormindo com aqueles ferros na boca, sentindo uma dor confortante nos dentes, e talvez mesmo uma falta daquilo.

Novo avatar

Algo lhe pareceu levar por uma história de transformação. O dia, 26, teve a ver. Ele apenas sentia, quando saía da clínica de coluna sob uma chuva grossa, que aquilo era diferente, parecendo não ter ocorrido por acaso: foi com roupa de ginástica e pensou, ao sair de casa, que se chovesse na volta, que "tudo bem", ele atravessaria a chuva e tomaria um banho quente depois (ó momento de rara satisfação, como no tempo em que escaparam de cair numa cachoeira da fazenda Guariroba e de ali se afogarem).

Mas algo era diferente. Aquela chuva, no seu auge, ele não imaginava que fosse tão incômoda, e que por isso lhe exigia o novo comportamento de correr, correr e completar todo o percurso como o desafio corporal de superar distâncias em plena corrida. Foi sentindo gosto em correr, e havia motivação verdadeira (não a de disfarçar para os guardas de rua, mas em ter aquilo como verdadeira oportunidade de exercício).

Quando entrou na casa e se viu protegido da chuva sob a cobertura que ele mesmo havia desenhado e construído, a sensação era boa. Ainda ofegante (como um elefante, ofegante e elegante no andar), pôde avaliar o seu estado, capaz de se exercitar e sentindo que aquilo lhe tinha feito bem. Sentiu também, sem poder negar, a garganta apertada pela sedação do chiclete de nicotina, algo que só se deu conta da proporção na hora em que correu e precisou expelir toxinas.

Enfim o namoro

Esta é a história de um príncipe, e Namoro não é um nome que soe estranho. Ele é o vento lançado para cima. Cansado de andar e com os pés já doendo, não pararia para a primeira pessoa que lhe chamasse com promessas de uma noite bem dormida, mas ao mesmo tempo não deixaria de arriscar. Fosse o que valesse.

É bom ressaltar esse aspecto: ele estava cansado de tanto andar, de esperar que uma sombra lhe trouxesse paz e prosperidade. No primeiro momento que se iludisse não deixaria de pensar no mais adiante, na sua "isolação" quase constante. Por isso mesmo, a *isenção* o poria de mão ao fio, em qualquer situação que fosse. Não seria àquela hora o momento em que tudo se resolveria, nunca mais repetiria o erro do passado de crer no inexistente. Agora sim, apenas nos fatos reais.

O fato é que Namoro se afastou dos males, vencendo em ocasiões propícias até o hábito de fumar. Mas quando encontrou conforto, não pôde entregar-se logo de cara, e por aí se mutilou só mais um pouquinho, desvencilhando-se das pedras assim que a coragem, proporcional à confiança da parceira, permitiu-lhe.

Deitado numa cama de criança, ele assistiu ao vídeo com sua amada. Foi possível recordar-se de muitas passagens, de relacionar com sua própria vida, e assim puderam escrever juntos uma história. Que era assim:

Sabrina

Havia uma garota pequena de nome Sabrina que era muito virtuosa. Seus talentos natos para com as artes direcionaram-na a um desvendamento sutil do mundo para o qual só ela teria o dom. Usava de recortes que eram feitos a partir de uma experiência jornalística em que já não se diferenciava o mundo da individualidade, ou seja, atingia o inconsciente coletivo com tamanha facilidade que lhe eram familiares os pensamentos até dos bichos, assemelhando-se assim a uma deusa.

E era tão simples adivinhar o que lhe agradava, que Sabrina não se surpreendia com a obra feita a partir do princípio, nem com todos os dados que lhe interessariam à época. Isso porque, a partir da conclusão de uma primeira, todas as outras seriam renovadoras, já situadas num degrau além, como disco dos Beatles, dois a dois, e assim por diante.

OUTRAS

Encontro

De sua solidão na mata, um coração de criança espera encontrar coragem com o nascer do sol para a vida no planeta, o dia em que o satélite natural forjará forças descomunais para vencer a fera do sonho numa tão almejada vingança. Enfrentará o desafio de estar só (em que "de si não há escapatória") a trazer lucidez dos reconhecidos à espera do abrir das torneiras, pactuando com a flora sem nunca ter de fechar a guarda.

Com que espécie de sentimento pode agora meditar sobre o mal que o apreende? São estímulos soltos, as lembranças do nada e a fera do esquecimento. Há muito a se respeitar, pois, afinal, está em todos a mesma coisa (sem, no entanto, esquecer que há um grande confronto de interesses; ele pode se comover com sentimentos alheios, mas não a ponto de responsabilizar a si e a outros pela desarmonia de um planeta, causada pela espécie dominadora).

Fingir que entendo (carta deixada em uma varanda)

"Fingir que entendo – quando decerto mantenho minha suspeita, enquanto não bates à porta, à parte de que tens ilusão do que lhe fará bem neste encontro – é uma saída que não nos ajuda. Principalmente quando ela é dita assim abertamente; então peço a verdade do que te faz melhor: fica."

(...)

"E tão logo percebo, em teus olhos, que não tens desprezo pela pequena traição arrependida. Finjo não ligar, pois avisos não faltaram. Pior é não quereres me contar, mas assim eu quis, pondo no mesmo saco tudo o que acontecesse do lado de lá."

"Ficarei em casa: seria apenas mais um fim de semana sem a tua companhia, a que me é tão grata. Mas quando chegares de férias, darei um passeio contigo, deixando ainda mais aberta a oportunidade de me explicar no que mais queres, pois avisos não faltaram."

"Depois perguntarei, na banheira, se estás confusa por permanecer comigo àquela hora. Se seria por uma onda que vinha desde as representações gratuitas, chamadas a que atendias. Havia certa raiva de tua história, de um passado que ficou sem respostas, apostando no erro."

"Arrependida, vens para os meus braços, pedindo compreensão, insegura no tato. Ainda é melhor isso do que se fosse pela raiva de uma expectativa frustrada, pelo nada haver, pela incompreensão do que se quer.

"Mas tu voltas, beijas-me confusa, querendo contar algo que não dizes. Amas-me e, amanhã, já sei, terás tédio, mas precisas de mim. Queres-me mais e assim me sugas: disso não te arrependes. Fica tranquila, pois está tudo bem. Não importa o teu passado."

(...)

Ruína

Rui e Isa gostavam de se encontrar sempre que podiam. Estudavam de manhã e logo depois do almoço iam para o campinho, onde a conversa costumava ser profunda:

– Vivemos em um mundo de representações. Em última instância, somos a ilusão e graça deste mundo.

– Certamente, as palavras não são as coisas.

Etc. etc. etc.

Certa vez ele guardou no colete umas palavras para dizer como se fosse de improviso, caso estivessem falando aquelas coisas e se notasse a aproximação do tio dela. O tio de Isa realmente apareceu, como se fosse de surpresa. Mas mesmo preparado, Rui foi mal ao disfarçar

Ao dizer aquelas coisas, ele imaginou tudo como numa situação do passado, igual à dos primeiros encontros marcados junto ao campo de futebol. Antes de ela aparecer pela primeira vez, ele ficava amarrando rabo de pipa para os meninos, ensinando tudo como se faz.

Lembrou-se então de uma situação mais dramática de quando chegou o tio e ele estava no bar, ainda disfarçado: de barba, chapéu e um tapa olho dramático, mas que era falso. Como diriam seus antepassados, tudo era parte de um processo em que ele por fim acabaria ficando com ela, sendo merecedor do dia em que suportaria essa dor, a da falta de uma de suas costelas.

Espécie de delírio

No meio do mundo de dentro, centro existencial do ser, forma-se um bastão de conquista, a bandeira em que se assume uma luta do "eu" ou "nós", espectro do "aonde vamos?". Forma-se junto em escudo o maleável indestrutível, a força do "faça-se", dissociada do porvir, uma faca que impede a forca. Das duas uma e dá-se o existir – havendo desde então consequências (meras consequências) em milhões de anos de reações previsíveis, até que num átimo de desatenção as regras se alteram para sermos o que somos.

Mais um dia e se restabelecem as preponderâncias: ele está firme sobre o cavalo. Vislumbra-se o caminho a percorrer até atingir seu objetivo, para lá transformar-se em outro. Alcança o cume do morro e continua: está próximo às nuvens e sente que o momento, naquele tempo exato, é um ser único. Não dá voltas: vê a ave e voa de cima, até que nada o invada. Mas lembra-se que as relações humanas, inapreensíveis e necessárias, serão a base do próximo salto.

Em seguida está imerso em água, e dentro dela há ainda mais água, uma que está fora e outra que não o circunda, mas que, de dentro dele, avança na conquista do ser indissolúvel. Só agora, pensa: "não sou eu, somos nós, eu e aquele que em outro momento me fez estar dentro de mim, aquele que em mil pedaços se fez o tempo, o ser do tempo, único".

...

Bia e Gil

Bia Montovani é uma pessoa muito ligada à TV e ao seu (pequeno) mundo artístico. Não à literatura. Querendo mostrar-se inteligente para o intelectual Gil de Campos, sobre o quanto captou de sua teoria das ramificações psicológicas, acabou evidenciando – em parte pelo raciocínio curto – muito do que não sabia. Sequer atingiu o teor dos primeiros conceitos, embora tentasse adivinhar logo a conclusão.

No fundo, quis transpor a lógica daquele código para a experiência dela, que era pequena. Pequena, digo, na interpretação parcial dele, porque na verdade a experiência dela, como a de todos, é muito grande. Os horizontes que atingem é que não são os mesmos. Sorte a dela, porque o horizonte dele é mais perigoso.

Sem saber direito o que se passou, ele acabou morrendo de ciúmes. Seu coração começou a bater forte e sentiu que estava sendo traído: ficou puto. E até daria mais corda, se não soubesse que as pessoas se aproveitam disso. E eles agora estão namorando, o que é perfeitamente normal. Não é hora de cobrar todos os compromissos: ele errou, e ela também; erraram os dois, ele e ela. Vê agora que dá pra deixar tudo mais leve e fácil, desejando que assim seja (e espera que realmente possa).

Para esquecê-la, terá de trabalhar em um projeto, dois ou três. Naquele momento, sentiu necessidade de desenvolver as próprias coisas, sem se deixar dispersar quando elas se mostrassem supérfluas. Era hora de compor e escrever. Já a hora de amar é o tempo todo, e por amar ele também entende o aspecto psicológico: ter a pessoa dentro de si. O maior amor está nas crianças, e disso não se tem mais dúvida (e do rosto de criança que ela ainda guarda, não vai abrir mão nem nunca esquecer).

Coisas que acontecem

Tendo um início de vida adulta regrada, com muito estudos, conseguiu por fim formar-se em Medicina. E com os estudos sociológicos a que também se dedicou, foi aprendendo a valorizar o povo, chegando à conclusão de que os simples são mais felizes. Assim, quando pôde criar os filhos, apostou que seriam mais felizes se fossem livres e criativos.

Imaginou que com o passar dos anos, o Estado seria mais organizado e capaz de suprir as necessidades básicas de cada cidadão: comida, roupa e transporte, enquanto o fornecimento de água, luz e gás, também seria gratuito. Aliás, com esse nível de organização material, todo o problema de saneamento no imenso território e das devastações e incêndios também estariam "saneados" por volta do tempo em que os filhos atingissem a idade adulta.

Assim, os seus filhos, assegurados pelo Estado, poderiam se dedicar à música, que com certeza faz bem à alma. Se tivesse público que os sustentasse materialmente, melhor. Se não, era o Estado que daria conta dessas necessidades de cada um. Mas veio um governo irresponsável e "rapou" todo o Estado.

Pé de vento, "ciúres", a planta e o ciurídeo

No interior de Goiás, o casal de lavradores esperava pela chegada da imprensa e dos cientistas. Eles haviam localizado um tipo de arbusto muito diferente, o único exemplar restante de uma planta chamada "ciúmes". Postavam-se ali ao lado quando chegou a primeira jornalista, a da TV Globo, com sua equipe.

Os vários galhos de ciúmes eram fenomenais, e a repórter queria que a câmera os mostrasse de todos os ângulos possíveis, pedindo licença aos lavradores. Eles se recusaram a sair de perto da planta e fizeram questão de aparecer em todas as imagens gravadas, pois eram seus descobridores.

Quando chegaram os cientistas, o primeiro veredicto era de que deveriam transferi-la (a planta) para um local seguro. Mas os lavradores foram enfáticos em dizer que de lá ela não sairia, o que resultou em uma primeira briga, com a imprensa se posicionando do lado dos descobridores.

O que ainda não se tinha divulgado como informação (e mesmo depois, pouco foi comentado) é que por causa da presença de uns pequenos roedores, parecidos com esquilos, também passeava por esse imenso arbusto uma cobra ainda mais enorme que a planta, e toda verde, que tinha os olhos de fogo.

TÍTULOS DESTA COLEÇÃO

Relato de Corpos Sutis
Miriam Portela

Firmina
Renata Py

© 2021 por Filipe Moreau
Todos os direitos desta edição reservados à Laranja Original

www.laranjaoriginal.com.br

Edição Filipe Moreau e Bruna Lima
Projeto gráfico Marcelo Girard
Revisão e produção executiva Bruna Lima
Diagramação IMG3

Dados Internacionais de Catalogação na Publicação (CIP)
(Câmara Brasileira do Livro, SP, Brasil)

Moreau, Filipe
 Ivo está vivo : entre as aranhas de um aeroporto europeu / Filipe Moreau. – 1. ed. – São Paulo : Laranja Original, 2021.

ISBN 978-65-86042-20-7

1. Contos brasileiros 2. Crônicas brasileiras I. Título.

21-70346 CDD-B869.3
-B869.8

Índices para catálogo sistemático:

1. Contos : Literatura brasileira B869.3
2. Crônicas : Literatura brasileira B869.8

Cibele Maria Dias - Bibliotecária - CRB-8/9427

Laranja Original Editora e Produtora Eireli
Rua Capote Valente 1198
05409-003 São Paulo SP
Tel. 11 3062-3940
contato@laranjaoriginal.com.br

Papel Pólen 90 g/m²
Impressão Forma Certa
Tiragem 100 exemplares
Agosto 2021